Bloody Bites at Boarding School

Inhalt

Story

1

Bloody Bites
at
Boarding School

Be Gentlemen!

Wenn ihr eines Tages diese Hallen verlasst ...

Meine ...

... werten Schüler des Blanc College.

Yuki Hasegawa
Klasse 1-A
Haus X

Das hier ist ...

... das Blanc College.

... und Eigenständigkeit.

Fernab von zu Hause lernen wir Disziplin, Traditionen ...

... gehen auf dieses Internat.

Söhne reicher Familien aus aller Welt ...

Im Winter legt sich ...

... ein weißes Kleid über die umliegenden Berge.

Wie schön.

Der Schnee bringt eine Stille mit sich ...

... als seien wir hier von der Welt isoliert.

Wegen Aura!

Aura Agrell ...

Wie kommst du darauf?

Hä? Eines Vampirs?

... mein Zimmernachbar!

... fand ich ihn kraftlos im Bett vor.

... kam heute Morgen nicht raus, und als ich nach ihm schaute ...

Er ...

Und an seinem Hals ...

... waren zwei Einstiche!

Aura Agrell
Klasse 1–B
Haus X

Als habe ihm jemand Blut daraus gesaugt ...!

SCHAUDER

Und war Aura schlapp, weil das Insekt eine Krankheit übertragen hat oder so?

War es nicht bloß ein Insektenstich?

Du hast eine blühende Fantasie.

UGH

Genau! Es lässt sich logisch erklären!

Wie geht es Aura?

Das kann nur das Werk eines Vampirs sein!

Ist das nicht merkwürdig?!

Der Master hat seine Wunde versorgt!

Hey!

Yuki!

In Büchern heißt es doch immer ...

... dass Vampire schöne Menschen begehren!

Oh, schöne Menschen?

Mach keine Witze, Pavel!

... wenn du so große Angst hast!

Häng doch ein Hufeisen an deine Tür ...

Ein Hufeisen als Talisman!

16

Außerdem hat er so ein schönes Gesicht.

Es gibt keinen, der nicht gern in seiner Nähe wäre!

Er ist zwar erst seit der Oberstufe hier ...

... aber er hat gleich die alten Hasen ausgestochen und ist Jahrgangsbester geworden.

Aber sein Herz ist kalt wie Eis ...

... und darum ist er immer allein.

Heute sind alle so laut ...

Können sie nicht einmal in Ruhe frühstücken?

Ich habe immer noch Hunger.

MURMEL

MURMEL

Gene!

Da ist Gene!

RAUN

MURMEL

KLACK

Und ... Ah, du siehst es gleich.

Er liebt nur seine Bücher.

Da.

RAUN

Morgen, alle zusammen.

Guten Morgen!

Guten Morgen, Gene!

TUSCHEL

Dürfen wir ihn begrüßen?

Dass wir ihn schon beim Frühstück sehen ...

TAPP

TAPP

MURMEL

Seine Haare leuchten wie die Sonne.

RAUN

Er sieht heute wieder so cool aus!

Hey.

TOCK

Guten Morgen, mein Schneeglöckchen.

PLOPP

Uwah...!

FLÜSTER

Wir sehen uns ...

... heute Nachmit- tag, ja?

Er ist halt unser Head Boy*!

Wahnsinn!

Echt smart.

*Schülersprecher

TAPP

TAPP

TAPP

ほお WOOAAAH □□□□□

... Genes Fenster ist immer offen.

Ich hab gehört ...

TUSCHEL

Haben die was miteinander?

Wer weiß?

Gene ist sicher einer, der für so was offen ist!

Das ist aber sicher keine Einladung!

TUSCHEL

Yuki ist sein Liebling.

FLÜSTER

Aber er ist die Ruhe selbst, auch wenn Gene ihn so umgarnt!

Ich würde durchdrehen!

... jede Nacht ausgebucht.

RUCK

...

Sein Bett ist garantiert ...

Fehlen ihnen die Mädchen?

Sind die nicht alle ...

... Jungs, genau wie Gene?

Oder ...

KLACK

AAAAH

Die spinnen doch!

Puh ...

Er braucht wohl wieder meine Hilfe ...

... macht er ...

Eigentlich hab ich keine Lust.

... sie so verrückt?

Aura!

Komm, iss schnell dein ...

Geht's dir wieder besser?

RRRTT

Ah!

Aura!

... hab mir Sorgen gemacht!

Alles okay?!

Ich ...

Hm?

Kann mir egal sein.

Na ja.

Auch das werde ich wohl ...

... bis morgen wieder vergessen haben.

... ha- ben die vorhin gere- det?

Über was ...

Doch meistens ist es ...

... viel Aufre- gung um nichts.

Ein Vam- pir?

Alles wird zu Erinne- rungen ...

... die mit der Zeit ver- blassen.

So auch ...

... diesmal ...

Darf ich eintreten?

Ah!

Da bist du ja!

べったん。
DRÜCK

Earl Operetta
Klasse 2-C
Haus Passacaglia

Grey Operetta
Klasse 2-C
Haus Passacaglia

Waaas?

Wann verbringst du wieder Zeit mit uns, Gene?

Bald, okay?

Na, na.

Klebt nicht so an mir.

»Sein Bett ist garantiert jede Nacht ausgebucht!«

...

»Gene ist sicher einer, der für so was offen ist!«

(Gerüchte)

... kannst du mich nächstes Mal normal bitten, wenn du meine Hilfe brauchst?

Normal, verstanden?!

Ha ha!

Das war sehr missverständlich heute Morgen!

Dokumente der Schülervertretung

WUPP

Doch, vielen Dank.

Hat dir mein Nachtisch nicht geschmeckt?

... wie viel du verputzen kannst, Yuki.

Hi hi!

Es macht Spaß zuzusehen ...

Es war nur abartig.

... etwas geheimnisvoll wirken!

Ich wollte ...

Echt?

He he! ♥

...

MMMH

Das kannst du gern tun ...

... aber hör bitte mit diesen Gesten auf!

Da bekomm ich Lust, dich zu füttern.

Von der letzten Party der Schülervertretung.

Ja.

Und was ist das? Eine Umfrage?

Hmm ...

Es sind auch Wünsche fürs nächste Mal dabei.

PLUMPS

Bald müssen wir schon die nächste Feier organisieren ...

... aber ich komm nicht dazu, die Antworten durchzugehen!

Verstehe.

FLAPP

FLAPP

LABER LABER

Ich würde alle Wünsche sortieren nach umsetzbar, teuer, ressourcenintensiv, unrealistisch, lächerlich und so weiter.

Und dann eine Liste der häufigsten Ideen erstellen.

Außerdem müssen die Kosten überschlagen werden.

Passt ...

... das für dich?

LABER LABER

Danach kannst du es mit der Buchhaltung besprechen.

BOFF

Ich freu mich aufs Ergebnis!

Klingt nach einem Plan!

Oooh!

Dann mach ich das halt, aber ...

Puh ...

Andere ...

... würden sogar dafür bezahlen, um dir helfen zu dürfen.

Wieso rufst du ausgerechnet mich?

Na ja ...

Ach, Yuki, was wär ich nur ohne dich?

Das kann eigentlich jeder, finde ich.

Sind die Zwillinge nicht auch in der Schülervertretung?

Sie haben heute AG!

Ach, wirklich?

Weil du ...

... mich nicht liebst.

KNARZ

Aber genau deswegen ...

Tja.

Ich hab dich nur bestätigt ...

Du bist so herzlos! ♥

Kyah!

Da hast du recht.

Ja.

?

So ver-
zaubert
er...

... wohl
auch
mich mit
seinem
Charme.

KRRT
KRRT

Puh!

FWWT

FLAPP

FLAPP

FLAPP

Aber es ist schon Abend!

Für heute reicht es.

Red nicht so viel und hilf mir lieber.

Ich interessiere mich nicht ...

... für solche Gerüchte.

So, die Hälfte wäre geschafft.

KLOPF

Ist dir das nicht unheimlich?

Sie haben heute ...

... von einem Vampir gesprochen, oder?

Vampire? Nein, ich weiß doch gar nichts über sie.

Wie kann ich vor etwas Angst haben, das ich nicht kenne?

Vampire ...

Diese Antwort klingt ganz nach dir!

Für die meisten wär das der pure Horror.

... hättest du denn wirklich keine Angst?

Aber ...

Ach ja? Horror kenn ich nur aus Filmen.

Angst macht mir eher dein komisches Verhalten!

Oh ...

Schlag mit dem Handrücken

Hand ausgerutscht.

FLATSCH

Hand ausgerutscht!

Mücken saugen doch das Blut von Menschen.

Aber sie tun das nur, um zu überleben. Auch wenn es uns stört.

Sie müssen Blut saugen, damit sie sich fortpflanzen können.

Plötzlicher Themenwechsel

Da fällt mir ein ... Mücken ...

Mücken?!

... Horror in der Realität ...?

38

Wenn es Vampire wirklich gäbe ...

...dann...

... würden sie bestimmt so handeln ...

... weil es ihrem Überlebensinstinkt entspräche.

Ha ha...

Ha ...

Hach ...

Oh Mann.

Yuki ...

... du ...

Du hast recht!

Aber ja!

Über- lebens- instinkt, okay!

AH HA HA HA HA HA

So wie ich zum Beispiel gern Fleisch esse.

Es wäre also eine völlig na- türliche Sache.

Pff ...!

Was ist daran ko- misch?

Story
2

Ich liebe dich.

Mein Schneeglöckchen.

Wie ...

Ich habe Yuki verärgert.

... schaff ich's nur, dass er mich liebt?

Haus X

Das ist unglaublich!

Was denkt der sich nur?!

Er hat mich ...

... fast geküsst!

Nur so viel hat zum Hautkontakt gefehlt!

SPLASCH

Völlig übergeschnappt!

SPLASCH

Der spinnt doch!

Er spritzt sich ...

... kaltes Wasser ins Gesicht ...

Endlich ist mein Kopf etwas kühler ...

RUBBEL

RUBBEL

Haaah ...

RRRCK

...

Aber ...

»Ich liebe dich.«

Solche Dinge machen doch nur Liebespaare!

... echt zu weit.

Das ging diesmal ...

...

»Mein Schnee-glöck-chen.«

Oh, Aura!

... mit so einem Blick ange-schaut?

Hat er mich schon immer ...

Warum wollte er unbe-dingt ...

... dass ich ihm vertraue?

Schön warm ...

...

BUBUMP

Ich meine ...

Hm?

Aber ...

... wieso?

SSST

... der dich gebissen hat?

Zum Beispiel, wie der Typ aussah ...

Und du erinnerst dich an nichts?

Nein ...

Tut das noch weh?

BADUMP

SCHRECK

STREICH

...

... aber es ist ...

Du weißt gar nichts mehr?

Es war wohl letzte Nacht...

NICK

... irgend- wie so, als hätte ...

... es diese Nacht gar nicht ge- geben ...

Ja ...

Nur ... diese eine Nacht?

Schon gut.

Mir fehlen die richtigen Worte ...

Ähm ...

...

?

Hm ...

Aber ich ...

Bücher über Vampire!!!

Ich hätte nicht gedacht, dass unsere Bibliothek solche Bücher hat!

Anscheinend haben Schüler sie irgendwann mal gespendet!

... und viele Sachbücher, sogar mit detaillierten Anatomieskizzen!!

Alte, sogar von Hand geschriebene Erzählungen über Vampire ...

Immer platzt du so herein.

Ah!

WOAH HA HA HA

Pff!

Womit soll ich nur anfangen?!

Ich werde sie alle gründlich studieren!!

MIAAAU

Sag mal ...

... wem gehörst du eigentlich? Bist du die Wohnheimkatze?

Ich hab heute schlechte Laune, also verschwinde!

MIAAU

MIAAU

BAMM

Halt die Klappe!

MIAU

MIAU

MIAAAU

MIAAAU

KRATZ   KRATZ

MIAUUU
MIAU

Was frisst du überhaupt?

Hey, ich hab nichts!

WUPP

Meine Schränke sind leer ...

MIAAAU

MIAU

MIAAAU

Hast du etwa Hunger?

Du hörst einfach nicht auf ...

MIAAAU

MIAAAU

MIAAAU

Jaja, beruhig dich doch mal!

QUENGEL

MIAAAU

MIAAAU

Hat niemanden, den er um Rat fragen kann

Was mach ich nur?

MIAOOOH

Ist ja gut!

Und deswegen ...

...

Ich bring sie zum Master.

Gruoh ...

Nur gibt er sich ...

... als einer von uns aus.

Oder ...

... meinst du ...

... ohne Schwellung oder andere Auffälligkeiten.

Zwei normale Einstiche ...

... für mich einfach nach einem Insektenstich aus.

Also, im Fall von Aura Agrell sah es ...

Herr Wechsler ...!

... dass es ein Vampir war?

...
es spricht noch etwas anderes dafür ...

Versteh einer diese Katze ...

Ah.

Sie gingen hier auch zur Schule, oder?

Hm?

Ja, stimmt.

HOPP

...
wissen Sie noch ...

Dann ...

...
was vor 20 Jahren passiert ist?

Wenn du kein Es- sen für mich hast, will ich nichts von dir!

Das mit der mumifizierten Leiche ...?

Ende

Story

3

Mein Vater ging auch aufs Blanc College.

Ich bin überrascht ...

... dass du davon weißt.

... er wüsste, dass hier bald ...

... irgendetwas geschehen wird.

Aha. Ja, dieser Fall ...

... ereignete sich während meiner Schulzeit.

Gleich hinter der Kapelle ...

... gibt es ein kaum benutztes Lagerhaus.

Dort wurde die Leiche gefunden.

Die ganze Schule war deswegen in Aufruhr ...

Aber ...

Bild ich mir ...

... das nur ein?

Was macht ...

... Gene hier bei den neuen Schülern?

Er re- det mit Aura ...

WOSCH

BADUMP

Heißt die Katze Kuro?

Sie hat also endlich ...

... einen Namen, was?

BLINK

BLINK

GLITZER

...

FAUCH

Du bist auch wie eine Katze.

Ich weiß nicht, ob sie so heißt!

WOOOSCH

Lieber auf Abstand gehen!

TAPP

Sorry ...

... wegen gestern.

Ach was ...

Meine Gefühle sind mir durchgegangen.

Ich habe gar nicht daran gedacht, dass es dir unangenehm sein könnte.

Das tut mir sehr leid.

Yuki.

...

M...

Natürlich.

Also, dass du mich ... liebst?

Hm?

Meinst du das jetzt ernst?!

Oder Sexuelles.

Ich meine, wenn es um Liebe ... und so was geht ...

Ah ...

Das kann ich verstehen!

Mir geht es eigentlich auch so.

Ich interessiere mich nicht für Männer!

Das weiß ich.

Aber ich bin ein Mann!

Obwohl du einer bist?

Aber du hast mich verzaubert.

Ich hätte auch lieber das Kulturseminar belegt! Aber es war schon voll.

Deswegen muss ich jetzt Philosophie machen.

Ach, Pavel, du hast es gut!

HA HA HA HA

Sie wechseln das Klassenzimmer

Jaja, okay.

Ah, Aura!

Red nicht so schlecht über ihn!!

Herr Wechsler hat keine Grabesstimme, er spricht nur ruhig!!

GRUMMEL

Was ist?

Du verstehst es wohl einfach nicht!!

Viel Interessantes machen wir da gar nicht.

Und Wechsler spricht immer ...

... mit so einer tiefen, monotonen Stimme.

Ich schlaf bei ihm jedes Mal ein!

Ignorier mich nicht!

Hallo, Pavel?

Was?

Zusammen ...?

Essen wir heute zusammen zu Mittag? Im Hof?

PUFF

AH HA HA

Ja, wir beide, du und ich!

Na, hast du Lust?!

Super, dann bis später!

O...

Okay ...

?!

GRAPP

Aura!

Ä ä ä äh ...

Du sitzt heute neben mir ...

BLITZ

Endlich haben wir zwei ...

... mal ein gemeinsames Seminar! Darauf hab ich gewartet!

... und erklärst mir einiges!!!

Yippiiiee!

Wo fangen wir an?! Mit der Anatomie?! Oder der Geschichte der Vampire?!

Nie hätte ich gedacht, dass ausgerechnet du mir als Erster glaubst!!

Wow, ich bin glücklich! Du machst mich so froh! ♡

Yeaaah!

Mister Strohman, bitte nicht so laut ...

Hätte ich ihn nicht ansprechen sollen?

Nenn mich Marius! Ich heiße Marius mit Vornamen!

Lieber in meinem Zimmer, nicht vor anderen Leuten.

Nein ...

Guten Morgen, alle zusammen!

Hallo!

Okay, treffen wir uns nachher im Gesellschaftsraum ...

Okay ...

...

Ich will der Sache auf den Grund gehen.

Aura Agrell ...

... kommst du auch?

Du glaubst mir also wirklich, was?!

Stimmt, es wär nicht so gut, wenn andere was mitkriegen.

Was?

Ah, okay ...

Die »These« lautet ...

Mit vagen Mutma-Bungen ...

... tue ich ihm am meisten Unrecht.

Wenn es Gegenbeweise gibt, muss ich ihn nicht verdächtigen.

... wenn ich die Hintergründe kenne.

Ich weiß erst, ob ich ihm glauben kann oder nicht ...

Genau.

... und diskutiert darüber, ob das richtig oder falsch ist.

Dann ...

... setzt euch bitte in Gruppen zusammen ...

... »Gene Michelle ist ein Vampir.«

... beweisen können, dass diese These falsch ist.

Am Ende sollt ihr ...

Ende

Story
4

Was ist dein Lieblings-essen?

Hm ...

Mageres Rindfleisch.

Was macht er überhaupt in der Schülervertretung?

Gene hat ihn gerufen.

Wie immer.

So ein Blödsinn!

Urgh

Führt Yuki ...

... ein Interview mit ihm?

Und was isst du gar nicht gerne?

Hmm ... Also, eigentlich kann ich alles essen.

Hä? Das hilft dir?

Danke, das hilft mir sehr.

Du darfst mich alles fragen, Yuki! ♥

Schon gut.

Beim Essen also auch Fehlanzeige ...

Mal sehen ...

Danke für deine Mühe.

☐ hat Angst vor Zuneigung

☐ spitze, scharfe Zähne

☐ besonders lange Eckzäh

☒ mag kein Wasser

☒ Salz

☒ Knoblauch

Ich habe sie aus Sachbüchern und Romanen zusammengetragen.

... wichtige Merkmale eines Vampirs.

Das sind alles ...

Du, Yuki ...

Ich hoffe, das ist für euch ...

Darum sag ich jetzt noch keinen Namen.

... in Ordnung?

Ich will niemanden grundlos verdächtigen.

Nein ...

Hast du etwa ...

... einen Verdacht?

BLUSH

Hngh!

Du bist ja echt ...

... viel netter, als wir alle dachten!

.. ko- misch, oder wie?

Ich werd ganz verlegen, wenn du mir so in die Augen schaust!

Äh ...

Benehm ich mich ...

HI HI HI HI

Aura ...

... willst du noch irgendwas fragen? Oder hinzufügen?

Oh, gleich ist Zapfenstreich!

Freunde?

Na ja ...

Hm?

Wie hat er das gemeint?

Yuki hat keine Freunde

GRINS

Wir können sicher gute Freunde sein!

... wegen meiner Wunde ...

... am Hals angesprochen.

Und er war so nett ...

... zum ersten Mal ...

... aber er hat mich ...

a...

Ah ... I...

Ich meine, um genau zu sein ...

... kannte ich denjenigen eigentlich schon ...

Da hab ich ...

... irgendwie ...

D...

Du hast wohl recht.

Hab ich jedenfalls mal gelesen ...

Liebe kann sehr plötzlich und unerwartet eintreten!

Na ja, so was kommt vor, was?

Was für ein Gesprächsthema.

Okay, verstehe ... Liebe auf den ersten Blick ... hier in der Schule?!

Ääääh ...

... bin ganz durcheinander ...

Tut mir leid, ich ...

Ah ...

GLÜH

Ich hätte das wohl nicht sagen sollen ...

Ich ...

... war fest davon überzeugt, dass Aura Pavel mag.

Also, irgend- wie ...

GOOONG

GOOONG

... ist das ko- misch.

Die zwei ...

Zapfenstreich

Und ...

... jetzt plötzlich Liebe auf den ersten Blick?

... verbringen ihre gesam- te Zeit ...

... zusam- men.

Wirken Vampire ...

... auf ihr Umfeld attraktiv?

Ich meine, sie sind beide Jungs, aber ...

... so hat das für mich immer aus- gesehen.

KLAPP

Das würde ...

... bei ihm einiges erklären.

Aber sonst ...

... treffen die meisten Merkmale eines Vampirs ...

... nicht auf ihn zu.

Ist er also doch keiner?

FIXIER

FLÜSTER

FLÜSTER

Interessierst du dich für mich?

Was ist heute los mit dir?

SCHRECK

LÄCHEL ♥

Ich freu mich, wenn du ...

... mich so an siehst.

Vorschnelle Urteile sind niemals gut.

Und komm mir nicht immer so nah!

Nie.

...

WAPP

Aber ...

... so kann ich auch mehr über ihn als Mensch herausfinden.

Wenn seine Unschuld bewiesen ist ...

Er weiß nicht, dass ich ihn verdächtige.

Ich wollte dich nicht komisch ansehen.

Hi hi!

Und mir überlegen, wie ich ...

... zu ihm stehe.

... entschuldige ich mich bei ihm dafür.

Hm?

Wieso muss ich überlegen ...

»... bis du mir wirklich glaubst, dass ich dich liebe.«

Was ...

... wie ich zu ihm stehe?

... mach ich, wenn ich es weiß?

Moment mal.

Da bin ich, Gene!

Sorry, der Lehrer hat mich noch aufgehalten!

Ah!

Dann sind wir ja komplett!

Einen Monat später ...

Da sieht man, wer den Umgang mit Ladys ...

Küm- mern wir uns nicht drum!

... von zu Hause gewöhnt ist.

...

Oh, einer spricht sie schon an!

Da sind ja wirklich Mädchen!

Wow!

Nicht vergessen: Be Gentlemen!

Ich ... bin so was von fertig!

Genes Plan war es ...

... mit den Schülerinnen des befreundeten Mädcheninternats Chaite ...

... erstmals Gäste von außerhalb zu unserer Party einzuladen.

DOOOMM

ぐい

Ja, das wird zwar anstrengend ...

... aber genau das reizt mich daran!

Aber ich hatte es als »nicht umsetzbar« verworfen.

Das hatten sich viele in der Umfrage gewünscht.

FLATTER

Nein, das ist viel zu viel Arbeit!

Wir mussten unsere Lehrer überzeugen ...

... und am Mädcheninternat Werbung machen.

← Beides war sehr schwer!

... den Stehempfang planen ...

... die Musik mit dem Orchester absprechen und so weiter.

Dann noch Helfer organisieren ...

... eine geeignete Location finden ...

Das war verdammt viel Arbeit.

Jetzt ist die Party in vollem Gang ...

Gene hat alles hervorragend geleitet.

Aber ...

... irgendwie haben wir es geschafft.

(Und dabei sogar das Budget eingehalten.)

Sie haben Spaß daran, mit den Mädchen zu tanzen.

Die Party ...

... ist sein Werk.

Das bringt ihm sicher ...

... noch mehr Respekt und Vertrauen ein.

SSST

Aber wer sonst könnte das so gut?

Er erfüllt die Wünsche der Leute ...

... als sei das ein Klacks.

Und du?

Hast du schon ge- gessen?

GRINS GRINS

Ha!

STAUN

Ja ... Vielen Dank ...

Mich macht es schon satt, wenn ich dich essen sehe.

Punkte sammeln ...?

Was soll das heißen?

Ich will Punkte bei dir sammeln, also iss ruhig alles.

Keine Sorge.

NOM NOM

schlan

hat An

☐ spitze, scharfe Z

...

☐ besonders lange Eckzähne

Genau das ...

... liebe ich an dir.

»Nein, tut mir leid.«

KLARE ABSAGE

Weißt du noch? Als du aufs Blanc College kamst ...

... sofort in die Schülervertretung holen. Aber du ...

... wollte ich dich mit deinem schlauen Kopf ...

»Darum will ich mich nicht mit anderen Dingen beschäftigen.«

»Ich bin an diese Schule gekommen, um zu lernen.«

»Doch ...

Ohh ...

... als Schüler des Blanc College trage ich auch meine Verantwortung.«

... irgendwann meine Hilfe brauchst ...

»Wenn du also ...

... sag mir Bescheid.«

Ach was.

Ist doch selbstverständlich ...

Ist es das?

Du sagst direkt ...

... was du willst und was nicht.

Yuki ...

Du stellst mir in letzter Zeit so viele Fragen.

Aber du stößt einen nicht vor den Kopf ...

Versuchst du, meine Gefühle für dich zu verstehen?

Komm mal her.

... und lässt einen auch nicht hängen.

Ein törichter Wunsch, nicht wahr?

Ich weiß nicht ...

LÄCHEL

Hab ich dich ...

... beeindruckt mit meiner Of- fenheit?

...

Beein- druckt?

Die Art, wie du das sagst, gefällt mir nicht.

Okay.

Das merk ich mir.

Was redest du jetzt schon wieder?

Haaach!

Hätte ich dir bloß nicht versprochen, dass ich dich nicht anfasse!!

Mir ist so komisch.

Was ist das?

GNNH

Danach wurde die Party organisiert ...

... und alle hatten wieder andere Dinge im Kopf.

Es scheint, als sei ...

... die Aufregung erst mal vorbei.

Der Vorfall ...

... mit dem Vampir ist schon einen Monat her.

nachtaktiv, schläft tags...
kein Sonnenlicht
schläft auf Friedhö...
hat Angst vor Z
spitze, schar
besonder...
blass...
ke...

Hoffent-
lich ...

... hält die
Ruhe an.

Als ob man
einen Geist
im Dunkeln
sieht...

... aber
dann war
es nur eine
Fledermaus.

Ich
such
ihn
mal.

Puh, jetzt
nur noch
alles ab-
schließen!

End-
lich!

Gene
...

Sagt den
anderen,
dass sie
gehen
können.

Ich
glaube,
Gene hat
die Schlüs-
sel.

Ich bin nur
wegen dir auf
diese Party
gekommen.

Alles
klar!
Danke!

Huaaah!

Ich
wollte
dich se-
hen!

Etwas
fängt
an ...

Etwas
fängt
an.

Ende

Story
5

Etwas
Scharfes
bohrte
sich ...

... plötz-
lich ...

... ganz
mühelos ...

... tief in
meinen
Hals.

Von da an konnte ich nicht mehr ...

... klar denken.

BADUMP

Lüg- ner ...

Dann breitete sich vom Hals ausgehend eine Hitzewelle in mir aus.

Er trinkt ...

... mein Blut.

BADUMP

BANG

Hah ...

Hah ...

Hah ...

FLÜSTER

Wir sagen eher, dass wir eine »bluttrinkende Rasse« sind ...

...

Du bist ...

... ein Lügner ...

...

War es schön ...

... uns alle zu verwirren ...

BAMM

Natürlich nicht ...

... und uns Angst zu machen?

Hah ...

Ich
wollte
so was
...

Ich
wollte das
doch auch
nicht ...

... noch
nie ...

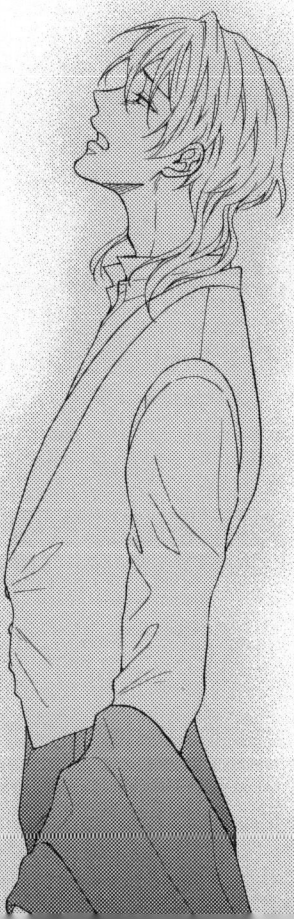

...

PRASSEL

Nein
...

Unsere Zähne ...

... enthalten Gifte, die beim Opfer chemische Reaktionen auslösen.

In meinem Fall ist es ...

... ein potenzsteigerndes Aphrodisiakum.

Jeder hat sein eigenes Gift, manche wirken auch nur einschläfernd.

Aber sie alle ...

... haben den Zweck, das Opfer wehrlos zu machen.

Und zwar, wenn der »Sternen-staub« fällt ...

... wie es bei uns heißt.

...

Blut-durst ...

Gene wirkte ...

Wenn wir ihn einatmen, erwacht unser Blut-durst ...

SCHWANK

... uns sehr mag ...

Wenn ein ge-wöhnlicher Mensch ...

... strömt er eine Art Duftstoff aus.

Das ist der »Sternen-staub«.

War es ...

... bei Aura auch so?

MURMEL

... wie ein wildes Tier ...

... und nicht mehr wie ein Mensch.

Womöglich in Genes Armen?

... so verrückt geworden wie ich?

Ist Aura ...

... also auch ...

... und wurde zum Opfer seines Blutdursts?

Hat Aura ihm ein solches Liebessignal gesendet ...

WUMP

RUTSCH

Yuki ...?

ZZZZ

Ich kann nicht mehr.

Es tut mir leid ...

Aber schlimmer als der Biss ...

... ist ein Schmerz irgendwo anders in meinem Körper ...

... der mich wahnsinnig macht.

In dem Moment, als mir klar wurde, dass Gene mich betrogen hat ...

... merkte ich auch zum ersten Mal, dass ich ihn wohl irgendwie mag.

Und das tat weh.

Ende

Story

6

Von klein
auf wirkte
ich auf alle
so schön ...

... dass mir
junge und alte
Menschen,
Frauen und
Männer ...

... alle glei-
chermaßen
zu Füßen
lagen.

»Mein
schöner
Gene!«

»Mein
geliebter
Gene ...«

»Gene ...«

Urghö...

Nachdem sie mich fast gezwungen hat ...

... ihr Blut zu trinken ...

Öchö...

. strömt es jetzt durch meinen Körper.

... so eklig ...

Das ist ...

Schon wieder, Gene?

Ist das
wirklich
Liebe?

Yuki ...

Er liebt mich eindeutig nicht.

In Yukis Nähe bin ich gern.

Bei ihm fühl ich mich sicher.

Da kann ich mich entspannen.

Aber ...

»... dann kann ich das nicht verachten!«

»Verzeih mir bitte.«

»Die Art, wie du das sagst ...

... gefällt mir nicht.«

»Vielen Dank.«

... Yuki ist ...

... auch immer ...

... so ehrlich ...

... und direkt.

Er spielt sich nicht auf ...

... und ist manchmal sogar tollpatschig.

Ich liebe
ihn so
sehr.

Was soll
ich nur
tun?

Ich sollte
mir ...

... wohl
nichts wün-
schen ...

... aber ...

... wäre das sicher schön.

Sein Sternenstaub wäre sicher angenehm.

... wenn Yuki mich lieben würde ...

... dann ...

... dass ich zum ersten Mal Hoffnung bekam.

... aber die Vorstellung war einfach so schön ...

Natürlich wusste ich, dass es nicht realistisch ist ...

Doch letzt-endlich ...

... ging es furcht-bar aus.

Ich habe alles zer-stört.

Oder weiß er etwa ...

Kann Aura sich wirklich an nichts erinnern?

... dass ihm Blut ausgesaugt wurde?

Yuki ...

SCHRECK

... ihn bloß ...?

Wie hat Gene ...

Und dass es Gene war?

Wir sind doch jetzt deine Freunde!

Und ...

... das gilt sicher auch ...

... für Aura und Pavel!

... hör ich mir gern deine Probleme an!

Du musst nicht drüber reden, aber wenn du willst ...

Ach ja.

Stimmt. Ich könnte es ihnen erzählen.

... und an der Schule kehrt wieder Frieden ein.

... dann könnten wir den Vampir Gene vertreiben ...

Wenn ich ihnen sage, was ich weiß ...

Ich bin zum Opfer geworden.

Du hast verpasst, wie toll Aura auf seiner Geige gespielt hat!

^^

S... So gut war ich gar nicht!

Ach ja, Marius, wieso warst du nicht dabei?

Wie war die Party denn?

Die Teilnahme war doch freiwillig!

Ich hatte keine Lust drauf.

... in meinem Leben ...

... habe ich ...

Zum ersten Mal ...

... meine »Freunde« angelogen.

Alle reden darüber, dass der Head Boy heute schwänzt.
Am Nachmittag ...
... steh ich auf.
Eigentlich müsstest du fit sein, oder?
Ich meine ...
Du hast gestern ... mein Blut getrunken.
Ja, eigentlich schon ...
Hey.
Reichst du mir das Wasser?
Ah.
Ja.
Bitte ...
GRAPP

Ich will dich was fragen.

... mehr Angst?

Wer hat hier ...

...

... er- schreckt hab.

Tut mir leid, wenn ich dich ...

BADUMP

ZUPP

Schau.

Okay.

Frag alles, was du willst.

Man sieht fast nichts an meinem Hals.

Mir ist ...

... total komisch. Ich kann kaum denken.

Und doch wirbeln die Gedanken ...

... wild durch meinen Kopf ...

Ich bin ...

... wohl verrückt geworden.

...

... besonders gut geschmeckt?«

»Aura Agrells Blut hat dir ...

184

Steh auf, es gibt schlechte Neuigkeiten.

Hm ...

Schwer zu sagen.

Hallo, Head Boy ... oder Bad Boy? Wie geht's dir?

Ein Schüler wurde vorhin bewusstlos im Gewächshaus gefunden.

Shiyu ...

Und zwar Aura Agrell.

Yuki!

Mensch, wo warst du nur?!

... hier
am Blanc
College.

Ende

... wie wir uns benehmen sollen ...

... und wie man unter normalen Menschen lebt.

Fernab von unseren Eltern lernen wir hier ...

... von klein auf ...

Im Winter schirmen schneebedeckte Berge ...

... diese Schule nahezu von der Außenwelt ab.

Schlossmauern ...

... dick wie Gefängniswände.

Das schützt ...

... auch unser Geheimnis ...

... damit wir lernen, uns wie sie zu benehmen und nicht aufzufallen.

Erst in der Oberstufe werden hier auch viele normale Schüler aufgenommen ...

Bis zum Ende der zehnten Klasse sind wir, die blutsaugende Rasse, hier ganz unter uns.

In den letzten Jahrhunderten ...

Die Oberstufe ist sozusagen ...

... unser Trainingsgelände.

Denn viele unserer Brüder sind auf grausame Weise abgeschlachtet worden.

... hat sich unsere Zahl auf weniger als ein Drittel der Internatsbewohner reduziert.

Aber warum?

... häufen sich in letzter Zeit wieder die Zwischenfälle!

Nicht wahr, Gene Michelle?!

BADUMP

ZUCK

... eine Erklärung dafür, oder?

BADUMP

BADUMP

... be-stimmt ...

BADUMP

Du als Head Boy hast doch ...

ゴクッ...

SCHLUCK

Immerhin hast du erst die Party organisiert ...

... um die Schüler davon abzulenken.

BADUMP

BADUMP

Aber wenn das so weitergeht ...

... kannst du es nicht mehr vertuschen.

Gene ...?

SCHRECK

Im Fall von Aura Agrell lässt sich ...

... der Täter doch sicher identifizieren?

Darf ich dazu kurz etwas sagen?

Das stimmt wohl ...

RAUN

ZUCK

Ich bin meiner Rolle ...

... nicht gerecht geworden.

Das tut mir außerordentlich leid.

Also, ich finde ja auch ...

... so etwas tut.

Ich wollte euch nur belehren, damit ihr nicht auch ...

Wir verschwenden nur Zeit!

Vince!

... wir sollten den Täter suchen ...

... anstatt hier zu quatschen. Was meinen Sie?

Das mit dem Sternenstaub ist doch nur ein Märchen!!

Der Kerl hat das nur ...

... aus purer Lust getan oder um Unruhe zu stiften!

Was anderes kann nicht sein!

Wir haben im Laufe der Zeit gelernt, diese Signale wahrzunehmen, um willige Opfer zu finden.

... wenn ein Mensch uns das unbewusste Signal sendet, dass er sich gegen unseren Biss nicht wehren würde.

»Sternenstaub«, das ist doch ...

Aber ...

Hörst du, Ge- ne?!

KNRZ

Vor allem nicht an einem Jungen- internat.

Das schei- det also aus.

Selbst nicht, wenn Liebe im Spiel ist!

... wer lässt sich schon gern bei- Ben?

Fast keiner, oder?!

Den Sternen- staub ...

... gibt es.

... erlebt haben, können sie es ...

Wenn sie es nicht selbst ...

... wohl niemals verstehen.

Und vielleicht ...

... kann nur ich ihn verstehen.

... ich glaube ...

... ich kann seinen Schmerz verstehen.

Wer auch immer es war, der Aura Agrell ...

... mehrmals gebissen hat ...

Ah
...

Bitte nicht lesen, wenn ihr euch den guten Eindruck von diesem Manga nicht verderben wollt!

No-Go Cut ①

HRAAAH

GROAH

Ihm sind Vampirzähne gewachsen und das binnen Sekunden?! Wie kann das sein?! Ich dachte, Zahnschmelz ist die härteste Substanz im menschlichen Körper?!

Aus dir wird sicher mal ein toller Wissenschaftler.

Ich wollte das doch auch nicht ...

Ich will wissen, ob Gene ein Vampir ist!!!

Yuki!

Du verschreckst hier alle Leser!

Und jetzt hat er wieder normale Zähne?! Wieso das?! Fallen sie ihm aus und wachsen dann wieder neu, so wie bei Haien?!

Hör auf, so was zu denken!

Diverse Hintergrundinfos ...

für die in der Hauptstory kein Platz war

Shiyu macht übrigens die meiste Arbeit in der Schülervertretung. (Weil die anderen faul sind ...)

Shiyu und Gene sind seit der Vorschule befreundet!

... kurze Hosen getragen!

Gene hat als Kind ganz normal ...

Gene kann gut Klavier spielen. Das hat er von seiner inzwischen verstorbenen Mutter gelernt.

5-8 Jahre

Zumindest einem würde sie gut stehen ...

So sollte die Schuluniform zwischendurch aussehen.

Marius' Vater ist ein berühmter Rugbyspieler.

Hört er ständig

Du bist Strohmans Sohn?! Aber du siehst doch gar nicht sportlich aus!!!

Hey, du hast mich gerade erst kennengelernt! Woher willst du wissen, dass ich unsportlich bin?!

Seid ihr echt verwandt?!

So lief ihre erste Begegnung ab. Aber sie wurden schnell gute Freunde.

Fan →

Story 1

Der fällt doch sonst immer so auf ...

Yuki hat sich während der Szene in der Kirche oft umgeschaut. Ihm war Genes Abwesenheit aufgefallen und er fragte sich, wo er wohl bleibt!

Offizieller Grund

Ich hab morgens immer leichte Kreislaufprobleme ...

Du lügst doch.

(In Wahrheit ist Gene nicht gern unter Menschen.)

Bei solchen Predigten wie zu Beginn von Story 1 ist Gene für gewöhnlich nicht da.

Aura spielt auch von klein auf Violine. Aber weil er das schon so lange tut, weiß er gar nicht mehr, ob er das Musizieren mag oder es nur aus Gewohnheit tut ...

Aura kommt aus einer Musikerfamilie.

Vater: Dirigent

Mutter: Violinistin

Marius, wieso spielst du denn kein Rugby mehr?

Marius hat einen jüngeren Bruder, der viel größer ist als er.

DNA des Vaters

DNA der Mutter

Vergleich mal unsere Muskeln, dann kennst du die Antwort!

Aber seine Schwäche ist ...

Stärke: Kann schnell Freundschaften schließen

Pessimistische Leute regen mich auf, weil ich sie nicht verstehe!

Und Herr Wechsler kann angeblich gut malen.

Ich habe für jeden Charakter ein Profil mit Stärken und Schwächen erstellt, aber keiner hat eine so komische Schwäche wie Pavel!

Bloody Bites
at
Boarding School

Autorenkommentar

Ich trinke sehr gerne
Tomatensaft.

Nikke Taino

TOKYOPOP GmbH
Hamburg

TOKYOPOP
1. Auflage, 2023
Deutsche Ausgabe/German Edition
©TOKYOPOP GmbH, Hamburg 2023
Aus dem Japanischen von Ekaterina Mikulich

KISHUKUSHA NO KURONEKO WA YORU WO SHIRANAI 1
Copyright © NIKKE TAINO 2021
All rights reserved.
First published in Japan in 2021 by
TOKUMA SHOTEN PUBLISHING CO.,LTD.,Tokyo.
German language translation rights arranged with TOKUMA SHOTEN
PUBLISHING CO.,LTD.,Tokyo through Tuttle-Mori Agency, Inc.,Tokyo

Redaktion: Lisa Duty, Caroline Skrabs
Lettering: Vibrant Publishing Studio
Herstellung: Annika Meyer-Wülfing
Druck und buchbinderische Verarbeitung:
CPI - Clausen & Bosse GmbH, Leck
Printed in Germany

Wir achten auf die Umwelt.
Dieses Produkt besteht aus FSC®-zertifizierten
und anderen kontrollierten Materialien.

ISBN 978-3-8420-9080-4

Bloody Bites
at
Boarding School

THE VAMPIRE'S ATTRACTION

Misao Higuchi / Ayumi Kano

Vampirisches Verlangen!

Minato ist auf der Highschool und arbeitet nebenher als Haushäl-
ter im Schloss von Henri Tepes. Der mysteriöse und dominante
Hausherr ist nicht nur Minatos Freund und extrem eifersüchtig, er
ist auch noch ein Vampir! Damit er ihn vor anderen Vampir-Clans
beschützen kann, will Henri, dass sich Minato vollständig an ihn
bindet. Doch Henris Besitzansprüche und Minatos normales Leben kommen sich dabei immer wieder in die Quere ...

www.tokyopop.de

THE VAMPIRE'S PREJUDICE

Misao Higuchi / Ayumi Kano

Vampirischer Blutdurst!

Der pflichtbewusste Highschool-Schüler Minato hat Geldsorgen.
Da seine Mutter im Krankenhaus ist und sein Bruder sich um die
Geschwister kümmert, hat Minato es sich zur Aufgabe gemacht,
Geld zu beschaffen. Ein Inserat für eine Haushälterstelle mit
einem unglaublich hohen Gehalt kommt da wie gerufen. Doch
schon das Bewerbungsgespräch mit Hina, einem augenschein-
lich kleinen Jungen, erscheint unseriös. Als Minato den Haus-
herren kennenlernt, wird es noch skurriler: Henri Tepes ist ein
uralter Vampir und fällt plötzlich über ihn her!

www.tokyopop.de

THEO
Nachi Aono

»Seit jenem Tag seid ihr meine Gottheit.«

In einem fernen Land leben Gottheiten namens »Batsu«. Ihre
Kräfte werden von den Menschen sowohl geschätzt als auch
gefürchtet, weshalb man sie in den hohen Norden verbannte.
Doch die Tradition gebietet es, dass den Batsu Diener zur Seite
gestellt werden. Sie sollen den Alltag der Gottheiten erleich-
tern, da Batsu von ihren eigenen Kräften regelrecht verzehrt
werden und daher schneller altern. Dies ist die schicksalhafte
Geschichte von Batsu Rei und dem Jungen Theo.

www.tokyopop.de

DIE NATUR EINER REINEN SEELE

Syaku

Mein unsterblicher Lehrer

Yashio führt ein Einsiedlerleben wider Willen: Er wohnt allein in den Bergen, umgeben von dichten Wäldern. Als er in diesen erneut die Orientierung verloren hat, steht plötzlich ein Unbekannter vor ihm, der sich als unsterbliches Mononoke vorstellt. Toki, wie sich dieses Geisterwesen nennt, macht es sich zur Aufgabe, ihn in die Welt der Rituale und Zeremonien einzuführen. Denn laut Toki sei Yashio »unrein« und müsse lernen, sich und seine Umwelt wertzuschätzen. Das ist der Start einer ungewöhnlichen Wohngemeinschaft ... Abgeschlossen in zwei Bänden.

www.tokyopop.de

STOPP!

**Dies ist die letzte Seite des Buches!
Du willst dir doch nicht den Spaß verderben
und das Ende zuerst lesen, oder?**

Um die Geschichte unverfälscht und original-
getreu mitverfolgen zu können, musst du es
wie die Japaner machen und von rechts nach
links lesen. Deshalb schnell das Buch um-
drehen und loslegen!

So geht's:

Wenn dies das erste Mal sein
sollte, dass du einen Manga
in den Händen hältst, kann dir
die Grafik helfen, dich zurecht-
zufinden: Fang einfach oben
rechts an zu lesen und arbeite
dich nach unten links vor.
Viel Spaß dabei wünscht dir
TOKYOPOP®!